UNE CONFÉRENCE

SUR

L'OEUVRE ÉVANGÉLIQUE DU TROU

VILLE SITUÉE DANS LE NORD D'HAITI

Donnée, le 1er octobre 1893, à l'église baptiste de Port-au-Prince

PAR

Le Frère DUTRÉVILLE-LAMOUR

SÉNATEUR DE LA RÉPUBLIQUE

TOULOUSE

IMPRIMERIE A. CHAUVIN ET FILS

28, RUE DES SALÉNQUES, 28

—

1893

UNE CONFÉRENCE

SUR

L'ŒUVRE ÉVANGÉLIQUE DU TROU

VILLE SITUÉE DANS LE NORD D'HAITI

Donnée, le 1er octobre 1893, à l'église baptiste de Port-au-Prince

UNE CONFÉRENCE

SUR

L'OEUVRE ÉVANGÉLIQUE DU TROU

VILLE SITUÉE DANS LE NORD D'HAITI

Donnée le 1er octobre 1893, à l'église baptiste de Port-au-Prince

PAR

Le Frère DUTRÉVILLE-LAMOUR

SÉNATEUR DE LA RÉPUBLIQUE

TOULOUSE

IMPRIMERIE A. CHAUVIN ET FILS

28, RUE DES SALENQUES, 28

1893

UNE CONFÉRENCE

SUR

L'ŒUVRE ÉVANGÉLIQUE DU TROU

VILLE SITUÉE DANS LE NORD D'HAITI

Donnée, le 1er octobre 1893, à l'église baptiste de Port-au-Prince

———

Mes bien-aimés en Jésus,

Votre pasteur m'a tant exprimé l'intérêt que vous mettrez à écouter une conférence sur l'œuvre évangélique du Trou, ville située dans le Nord, que je suis bien obligé de déférer à sa demande, vu son insistance.

Cependant, je dois vous le déclarer, si les affaires de la maison de Dieu étaient traitées comme celles du monde, il ne me serait pas permis d'élever la voix dans ce sanctuaire ; car il me faudrait posséder les talents oratoires qui sont l'apanage du conférencier moderne, et être en état d'employer ces figures de rhétorique qui produisent la sensation, pour mériter l'attention de mon auditoire qui, à l'opposé de celui-ci, serait composé des gens du monde, amateurs du pathétique. Mais, fort heureusement, avec vous c'est tout le contraire ; vous êtes de cette école

pour laquelle ces paroles du psalmiste sont familières :
« La connaissance de tes paroles illumine et rend les plus
simples intelligents, » et l'enfant de Dieu se rappelle sans
cesse que le Sauveur du monde dit tout d'abord, dans
son sermon sur la montagne : « Bienheureux les pauvres
en esprit, car le royaume des cieux est à eux, » et qu'Il lui
commande en même temps de faire luire sa lumière parmi
les hommes, afin de glorifier son Père céleste qui a caché
ces choses aux sages et aux intelligents, et les a révélées
aux petits enfants.

Etant donc assuré que l'Esprit d'En-Haut me rendra la
tâche facile, je réponds aujourd'hui à l'invitation du pasteur de cette Eglise, et je le fais avec d'autant plus de
joie que c'est à l'œuvre évangélique du Trou que je dois
ce que je suis maintenant.

Or, pour vous amener, mes bien-aimés, à bien consi-
dérer ce que l'œuvre qui fait le sujet de mon entretien
comporte en elle de vitalité, il me faut remonter à son
début, et vous conduire pas à pas par toutes les voies
qu'elle a suivies avant de devenir la forteresse qu'elle est
en ce moment.

Il est vrai que la circonférence de cette forteresse est
très exiguë, que ses défenseurs sont peu nombreux, mais
c'est ici l'occasion de distinguer la qualité de la quantité,
et d'estimer la valeur des engins dont elle est armée.

Je vous avoue, mes bien-aimés, que je suis pleinement
persuadé par l'Esprit de Dieu que c'est Lui-même qui, ne
pouvant pas se tromper, a choisi ces combattants, *que sa
force s'accomplit en leur faiblesse*, et que les engins dont
dispose la petite forteresse sont puissants parce qu'ils se
nomment la Foi, l'Espérance et la Charité ; c'est pourquoi
elle défie l'ennemi.

Le Trou est le berceau de mon enfance ; j'y suis issu d'une nombreuse famille de catholiques romains, et je puis, par conséquent, vous témoigner comment l'Evangile de Notre Seigneur et Sauveur Jésus-Christ y a fait son entrée.

Je me souviens que des messagers de la bonne nouvelle s'arrêtaient à de longs intervalles au Trou, pour y faire entendre la lecture du Message de salut dont ils étaient porteurs, je me souviens que parfois ils trouvaient l'hospitalité chez certains habitants de la ville, et qu'ils y parlaient *du salut par pure grâce, de la justification par la foi, du sang de Christ qui purifie de tout péché,* des erreurs et des traditions d'hommes sur lesquelles se fonde le catholicisme romain, et enfin de beaucoup d'autres choses que Dieu condamne ; je me souviens aussi que la population était souvent divisée sur la doctrine que prêchaient ces hommes doux, simples, sur la figure desquels rayonnaient la paix du cœur et l'amour du prochain.

Cette division que l'on constatait dans les groupes qui se formaient à la suite des prédications était semblable à ce qui se disait du Fils de Dieu fait homme pour le salut du monde, alors qu'Il parcourait la Judée pour y prêcher sa doctrine.

D'aucuns assuraient, et c'était la minorité, que ces hommes au langage clair, net et précis, disaient la vérité, tandis que d'autres, représentant la majorité, soutenaient qu'ils étaient *des huguenots,* mot que l'on traduisait par celui de *démon.*

Quelquefois, ces missionnaires traversaient incognito le Trou pour aller visiter les Perches, la Vallière, le Ouanaminthe et autres lieux ; car l'heure n'était pas encore venue pour la semence de prendre racine au Trou, parce qu'elle ne tombait jusque-là que *le long du chemin, en des endroits pierreux et parmi les épines.* Le Seigneur seul savait à quels moments la terre fertile se montrerait, et quel était celui dont Il se servirait comme instrument de sa puissance en cette localité.

Il y a quelque dix ans, mes bien-aimés, que cette heure a sonné. Un homme, un enfant du Trou même que l'on fit asseoir de bonne heure à l'Eglise romaine, et qui y devient enfant de chœur, celui-là a été choisi de Dieu pour introduire ses frères dans la voie de la justice et de la vérité. C'était en 1882.

Après s'être dépensé au service de la religion de Rome, associée inséparable de la mondanité ; après s'être fait l'écho et le défenseur de ses dogmes ; après s'être sacrifié pour faire des dons d'un prix élevé à cette Eglise infidèle, il arriva que le Tout-Puissant, dont les desseins sont impénétrables, visita cet homme par une cruelle maladie qui semblait devoir l'emporter en peu de jours, s'il ne s'était pas transporté au Cap pour y chercher le secours de la science médicale.

Cependant, *cette maladie n'était pas à la mort, mais pour la gloire de Dieu ;* car c'est là que, couché sur un lit de souffrance où il attendait l'heure suprême, cet homme se rappela un ami qui lui avait parlé le premier de l'Evangile de notre Seigneur et Sauveur Jésus-Christ, avec cette remarque digne à noter, que celui-là appartenait, comme jusqu'à ce jour, à cette classe d'hommes *qui disent et ne font pas,* sans se mettre en peine de cet avertissement divin : « Le serviteur qui connaît la volonté du Maître, et qui ne la fait pas, sera battu de plus de coups. » C'est là que notre malade se ressouvint de toutes les prédications qu'il avait entendues depuis cette communication, et c'est là enfin qu'il fut assez heureux de ne pas imiter l'apôtre Thomas, mais de saisir ce que dit Jésus de l'incrédulité de son disciple : « Heureux ceux qui n'ont pas vu et qui ont cru ! »

Tous ces souvenirs lui revinrent à l'esprit, et, dès lors, il se mit à lire le Livre par excellence qu'il se fit apporter ; et pendant toute la durée de sa longue maladie, il écoutait les consolations et les promesses que ce Livre contient du commencement à la fin. O profondeur de la sagesse divine !

Dieu a permis que l'état de cet homme s'améliorât ; et dès que la convalescence se montrait et qu'il pouvait se tenir sur ses pieds, il se rendait régulièrement au culte qui se célébrait, non loin de sa demeure, chez un prédicateur de la foi chrétienne. Il écoutait avec une attention soutenue le développement de la doctrine qu'il étudiait depuis peu, et appelait sans cesse l'Esprit de lumière et de vérité à son secours. La foi ne tarda pas à s'emparer entièrement de ce cœur que le Consolateur avait éclairé, et, vite, il se donna au Seigneur Jésus, en se promettant *de ne pas garder pour lui seul ce trésor qu'il venait de trouver*, mais de retourner au Trou pour le partager avec tous ceux qui n'avaient pas encore connu ni l'empreinte ni la valeur de la monnaie incomparable dont il était formé.

Jésus-Christ, mes bien-aimés, étant *le chemin, la vérité et la vie*, il est étrange que l'homme coure encore à la recherche de la pierre philosophale et de la panacée conservatrice de la vie, *en s'appuyant sur une science faussement ainsi nommée*, pour ne pas reconnaître que cette découverte n'est pas du domaine de l'homme, qu'elle est dans les attributs divins, et que le christianisme l'a déjà révélée au monde, quand Lui seul guérit tous les maux, quels qu'ils soient, du corps et de l'âme, et change l'or périssable de ce monde en une perle d'un grand prix, d'un prix inestimable, puisqu'elle doit durer éternellement. C'est pourquoi Dieu se choisira toujours, jusqu'au jour qu'Il a marqué, des missionnaires, *même les choses qui ne sont point,* pour publier par toute la terre habitable que la sagesse du monde est folie devant Lui, et pour enseigner à tous à chercher le bonheur et la vie *en Jésus-Christ mort pour nos offenses et ressuscité pour notre justification.* Oui à chercher en Lui seul le royaume des cieux et sa justice premièrement, pour recevoir ensuite d'autres choses, comme une sorte de prime d'encouragement. Mais, hors de Jésus-Christ, pas de salut possible.

Vous vous demandez, mes bien-aimés, pourquoi je vous tiens jusqu'à cette heure en suspens, pourquoi je mets du retard à vous nommer celui que Dieu appelait ainsi à être le fondateur de son œuvre au Trou ? Eh bien ! reconnaissant la justesse de votre raisonnement, je satisfais à votre anxiété en vous apprenant que cet homme c'est un de mes aînés dans la famille, c'est M. Onésiphore Lamour. — Il était bien connu en cette Capitale où il venait souvent comme soldat, et, en deux fois, en qualité de Député du peuple. Bien qu'il se conduisît correctement, suivant le monde, il n'avait pas encore acquis le titre de bourgeois des cieux dont il jouit en ce moment dans les parvis éternels. Que le nom de l'Eternel soit à jamais béni pour le bien qu'il fit à son serviteur, et qu'Il lui permit de faire à ses semblables, quand avant de s'en aller vers Lui, il a pu combattre le bon combat de la foi, témoigner sa reconnaissance à son Sauveur Jésus-Christ, lui montrer sa fidélité et son espérance et laisser, comme un monument impérissable, un lieu de culte où le nom de l'Eternel est réclamé et où son amour est proclamé par un petit troupeau fidèle!

M. Onésiphore Lamour était rentré à peine chez lui, au Trou, que, *sans consulter la chair et le sang*, sans dire mot à personne, pas même à moi son frère chéri, qu'il écrivit à M. Célestin Valade, alors diacre de l'Eglise baptiste de la Grande-Rivière-du-Nord, avec qui il était en relations d'amitié assez longtemps et qui venait rarement prêcher la parole de Dieu au Trou, pour lui faire un long exposé de sa foi en Christ et lui demander finalement le baptême.

Quand je me trouvai chez lui quelques jours après l'expédition de sa lettre à M. Valade et qui il m'eut entretenu de son baptême prochain, je ne pus savoir que lui répondre, tant ma surprise était grande. Tous ceux qui entendaient parler de la conversion à l'Evangile de cet homme, dont la fidélité à l'Eglise romaine était si bien connue, disaient : Pauvre Oné! quelle folie de sa part!

Enfin le 18 septembre 1882, jour du baptême, arriva ; et ce fut M. le pasteur Métellus Ménard, de l'église de Saint-Raphaël, qui vint l'administrer avec l'assistance des délégations de son église et de celle de la Grande-Rivière.

Je n'ai pas besoin, mes bien-aimés, de vous retracer tout au long l'aspect que le Trou prit en ce jour d'une fête qu'il voyait pour la première fois. Toute la ville (à l'exception de ceux chez qui on se donne tant de mal d'abêtir le sens moral et de fausser la conscience), toute la ville, depuis les autorités jusqu'aux plus petits, était au bord de l'eau, écoutant avec recueillement l'orateur sacré.

Il doit y avoir parmi vous, dans cet auditoire, quelques

personnes qui ont déjà entendu le pasteur Ménard proclamer les vérités éternelles, puisqu'il a prêché maintes
fois dans les églises chrétiennes de cette ville, ce qui me
dispense de vous parler de son éloquence et de vous apprendre qu'il est de ces ambassadeurs du Très-Haut qui
manient la parole divine avec tant de verve, qui l'annon-
cent avec tant de foi et d'autorité, qu'elle ne retourne jamais à Dieu sans effet. C'est là, mes bien-aimés, un don
du Dieu fort !

La foule était suspendue à ses lèvres ; ceux qui ne pou-
vaient le voir imitèrent Zachée, cherchant à voir Jésus
de Nazareth : ils grimpèrent sur les arbres dont la rivière
est bordée.

M. Onésiphore Lamour ne fut pas le seul baptisé en ce
jour, mais plusieurs autres croyants venus de la Grande-
Rivière furent plongés en même temps que lui, *en signe
de la mort au monde et de la résurrection avec Christ, pour
accomplir tout ce qui est juste, en marchant en nouveauté
de vie.*

Cependant l'élu du Seigneur devait rester jusque-là le
seul témoin de la vérité au Trou et y travailler à faire
connaître que ce n'est pas l'homme qui fait l'œuvre de
Dieu, mais bien son Esprit. C'est pourquoi il faut le Lui
demander constamment.

Fidèle à sa promesse et à l'engagement qu'il venait de
prendre devant Dieu, de parler de son amour à tous ceux
qui périssaient sous ses yeux, et de leur enseigner la voie
à suivre pour être sauvés, M. Onésiphore Lamour affecta
un appartement de sa maison à des réunions de prières
et d'exhortations. Plusieurs jeunes gens et même des
femmes appartenant à la dévotion romaine fréquentaient
ces réunions. On était émerveillé d'entendre chanter ces

poésies sacrées, chants sublimes, pénétrants, qui remuent l'âme en célébrant un Dieu d'amour, qui ne demande à être adoré qu'en esprit et en vérité.

Mais ce n'était pas la foi qui agissait de la sorte, c'était plutôt l'enthousiasme né de la curiosité des premiers jours. On aimait à chanter, mais quand l'heure de prier arrivait les voix se taisaient, et, peu à peu, ce zèle apparent se refroidissait, les visiteurs devenaient de plus en plus rares, et les bancs par conséquent restaient vides. Et moi-même qui vous trace ce tableau, savez-vous ce ce que je fis? J'entrai un jour en ce lieu dans l'intention de troubler le service; car j'étais trop préoccupé par les affaires du monde, par la politique, pour penser à me donner à la religion. Mais ce Dieu si bon, si compatissant, ce Dieu lent à la colère et abondant en grâce, sachant que j'agissais par ignorance, me réservait mon chemin de Damas; je l'ai suivi depuis, et me voici aujourd'hui entre ses mains comme un instrument de sa volonté. Que son nom soit à jamais béni!

Le Seigneur qui sait ce qu'Il fait, et qui avait promis à son serviteur de ne pas l'abandonner dans la course qu'Il lui avait proposée, suscita successivement quatre autres témoins et défenseurs de la foi en Christ, et, comme le règne de Dieu ne vient pas avec éclat, dit Jésus, il s'écoula un long temps avant que l'Eglise eût plus que ces cinq membres. Mais ils étaient des plus sincères, des plus fidèles au Seigneur, car, dans leur simplicité comme dans leur force numérique si restreinte que chacun s'en moquait, ils se montraient savoureux comme *le sel de la terre* et brillants comme *la lumière du monde*. Ils s'aimaient entre eux et aimaient ceux du dehors; ils accomplissaient par là la loi de Dieu, et l'œuvre grandissait par la foi et la piété de ces quelques humbles qui n'avaient pas eu honte de se charger de leur croix et de suivre, à travers les misères de ce monde, leur Maître et Sauveur Jésus.

Le fondateur de l'œuvre pensa alors à bâtir un lieu de culte spécial, et il se mit résolument en train de réunir les matériaux nécessaires à la construction. Il ouvrit des listes de souscriptions qui furent couvertes en grande partie par les églises de la Grande-Rivière et de Saint-Raphaël, et par les amis de l'œuvre; et, se dévouant tout entier à Celui qui l'avait relevé du lit où il languissait pour l'élire et le proclamer domestique de la foi évangélique, il dépensa, et cette fois pour la plus sainte des causes, le reste de son pèlerinage terrestre, tout ce qui lui restait de force, de courage et d'énergie, tout ce qu'il possédait en fait de biens en ce monde, pour élever l'édifice qui témoigne aujourd'hui plus que tout ce que je pourrais en dire, sa foi vive et sa ferme espérance en *Celui qui l'avait fait passer de la mort à la vie.*

Les travaux de la chapelle, commencés dans le cours de l'année 1885, furent achevés l'année suivante. La dédicace, qui en fut faite le 30 janvier 1887, réunit au Trou les pasteurs D. N. M. Kitchin et M. Ménard, à qui le Seigneur avait donné la mission d'inaugurer solennellement cette œuvre par le baptême de quatre des cinq premiers combattants.

En ce moment-là, il y avait déjà près de quatre ans depuis que, comme Saul de Tarse, je priais pour la première fois loin de la terre natale...

M. Onésiphore Lamour, qui fut élu diacre de l'Eglise à cette même cérémonie, continuait à se consacrer de plus en plus au service de Dieu pour le salut des âmes. Sa vie était celle d'un vrai et fidèle imitateur de ces saints hommes dont l'Ecriture nous apprend l'histoire ; il était au monde, mais il ne lui appartenait plus : il était tout entier à Jésus-Christ.

Pendant qu'il travaillait ainsi, jour et nuit, à s'affermir dans sa vocation et à attirer des âmes à l'Evangile par ses exhortations à l'Eglise et dans les maisons où il trouvait bon accueil, le Seigneur, à qui seul reviennent la germination et l'accroissement, et partant la production et la maturité du fruit, fit comprendre à son serviteur, comme l'a dit un célèbre Racheté, qu'Il ne laisse jamais l'épi mûr au milieu du champ, mais qu'Il le recueille dans son grenier où Il le conserve pour la durée de l'éternité.

La mission terrestre de M. Onésiphore Lamour allait prendre fin ; son maître le rappelait dans la patrie éternelle où sa place a été préparée. Le voilà donc frappé de nouveau d'une maladie autre que la première d'où était sortie sa conversion. Il lutta longtemps contre elle, mais la rigueur du mal devint telle qu'il dut se rendre encore au Cap, le 29 août 1887, pour essayer d'en trouver le remède. Mais il n'en reviendra cette fois que pour faire ses adieux à ses frères et sœurs en la foi, presser ses visiteurs à obéir à la voix de Christ les appelant à venir à Lui et à s'endormir tranquillement dans les bras de son sauveur et juge.

En effet, mes bien-aimés, quelque temps après son arrivée au Cap, devant l'impuissance de la science d'avoir raison du mal, sentant son départ prochain pour le grand rendez-vous, il fit appeler, pour la dernière fois, le pasteur Kitchin et lui parla longuement de la petite Eglise du Trou, le conjurant, au nom de Celui qui s'est anéanti jusqu'ici bas, qui a porté nos péchés sur le bois maudit de la croix pour nous sauver, de ne point l'abandonner, mais de la nourrir de la parole de vie et de la conduire de telle sorte qu'elle devienne un jour un joyau de la couronne du Maître. Puis il commanda qu'on le retournât au Trou où il devait rendre l'esprit à son Père céleste.

On l'y transporta le 24 octobre, et, depuis le moment de son arrivée jusqu'à l'heure où son âme s'envolait vers l'éternité, celui qui était prêt pour le ciel, et qui regardait le chef et le consommateur de la foi qui l'attendait dans la vallée pour le conduire au séjour des bienheureux, n'eut d'autre conversation avec sa famille et ses visiteurs que l'amour de Dieu pour ses créatures, le sacrifice de son Fils Jésus pour réconcilier le monde pécheur avec Lui, la lumière de son Esprit pour éclairer et montrer le chemin à tous ceux qui veulent le chercher en esprit et en vérité.

Ceux qui furent témoins de la mort de M. Onésiphore Lamour racontent encore ses derniers moments en se rappelant avec quelle force, quels accents, cet homme, dont la gravité de la maladie était telle qu'il ne pouvait pas se remuer sur le lit où il était étendu, parlait de la foi en Jésus, en conviant ses auditeurs à l'accepter comme le *seul nom qui ait été donné au monde pour être sauvé de la condamnation éternelle.*

Il ne cessa de prêcher ainsi que lorsque la mort posa ses doigts sur ses lèvres et que l'Esprit retourna à Celui qui le lui avait donné. C'était le 31 octobre 1887, cinq jours après son retour du Cap.

Chacun me dit que ce ne fut pas en vain que mon frère m'écrivit pour la dernière fois, pendant qu'il souffrait au Cap, pour m'assurer que sa maladie n'était pas à la mort, mais plutôt pour la gloire de Dieu, parce qu'il a réellement glorifié Dieu, Père, Fils et Saint-Esprit, avant de fermer les yeux à la lumière de ce monde. Je conserve cette lettre comme le gage le plus assuré de son amour fraternel et de sa foi chrétienne.

Il fut longtemps pleuré par ses compagnons de travaux, par ceux-là à qui son obéissance à Dieu a ouvert les yeux et même par ceux à qui il fut défendu de suivre ses restes, *sous peine d'être chassés de la synagogue*. Et ce n'est pas sans raison : car, grâce à l'effusion de l'Esprit divin, M. Onésiphore Lamour a démontré, une fois de plus, pendant sa courte carrière chrétienne, l'efficacité du christianisme évangélique ; il a démontré que c'est lui qui doit assainir entièrement le Trou et ses dépendances, en prévenant le retour des maux sans nombre auxquels ces lieux ont toujours été en proie, et en annihilant certaines influences délétères des tendances pernicieuses qui s'y exercent encore de temps en temps, en vue d'apporter le trouble dans la société et de satisfaire des ambitions égoïstes, en obligeant périodiquement les enfants d'une même mère à s'entre-égorger et à causer ainsi la ruine de la Patrie terrestre qu'à l'exemple du Fils de Marie nous devons aimer, en travaillant à la faire grande, heureuse et tranquille.

Oui, mes bien-aimés, c'est l'Evangile, ce remède universel, qui doit mettre fin à nos luttes fratricides, en régénérant les cœurs, en faisant que *les choses vieilles soient passées, et que toutes choses deviennent nouvelles* ; car, ne pouvant pas réaliser tout le bien que nous désirons, par rapport à notre nature déchue, il faut que ce soit la connaissance de l'Evangile, dans lequel Dieu a exposé avec tant de sagesse le plan de son gouvernement, les conditions du salut gratuit qu'il nous offre par le sacrifice de son Fils unique, qui nous assure la victoire sur le mal et la pratique de tout ce qui est bien ; parce que *ce qui est impossible aux hommes*, dit Jésus, *est possible à Dieu.* C'est pourquoi Christ, le Prince de la paix, a reçu de son Père *toute puissance, tant dans le ciel que sur la terre, et qu'Il ne veut pas la mort du pécheur, mais sa conversion et sa vie.*

Mais revenons, mes bien-aimés, à Celui qui venait d'entrer dans la gloire du Père céleste. Je mêlais de loin mes pleurs à ceux de l'Eglise, de la famille et des amis, parce que j'étais encore en prière sur la terre étrangère...

A la mort de M. Onésiphore Lamour, il ne restait à la petite Eglise du Trou que quatre membres. Le pasteur Kitchin, dont j'ai eu l'occasion de vous parler dans le cours de cette conférence, et qui s'y était fixé presque avec sa famille, à cause des heureuses dispositions qu'il rencontrait dans ce champ, faisait du Trou le centre de sa mission. Il en partait, en effet, assez régulièrement pour le Fort-Liberté et pour le Cap, d'où il se rendait au Port-de-Paix. Il fit, en 1891, une assez longue tournée dans le département, en compagnie du pasteur de cette Eglise, et il me semble que c'est ce voyage missionnaire qui a suggéré au Révérend L. Hippolyte l'idée de vous faire communiquer par ma bouche la puissance de la foi, la fermeté de l'espérance et la consolation de la charité dans cette partie du pays où la semence évangélique a pris racine. Ce fut alors, mes bien-aimés, que j'ai été conduit aux eaux du baptême par la main du pasteur Kitchin, ainsi que cinq autres élus parmi lesquels se trouvait celle que Dieu m'a donnée pour compagne ; car le Souverain ayant mis, en 1888, un terme à mes longues et pénibles épreuves, je regagnai mes foyers pour ne faire dès lors que sa volonté.

Nous sommes à ce point sous le ministère du pasteur Kitchin que nous avons vu à l'œuvre quelque temps après la fondation de la petite Eglise du Trou.

Ah ! mes bien-aimés, le pasteur Daniel-Nathaniel-Morgan Kitchin ! voilà un vrai ministre du saint Evangile, un vrai serviteur du Dieu vivant, un vrai chrétien, un de ceux en qui il ne s'est trouvé aucune fraude !...

Mais, quel que soit mon désir, mes bien-aimés, je me reconnais incapable de vous analyser la vie chrétienne de celui qui est né et mort au service de son créateur, parce que, malgré tous les soins que j'y mettrai, la peinture ne le reproduira pas fidèlement. Je sens en moi-même que je ne suis pas encore parvenu à cette région, que je n'ai pas encore acquis cette autorité qu'il faut pour parler d'un si illustre serviteur de l'Eternel.

Or, en vue de ne pas pécher par l'ostentation, de vouloir entreprendre ce qui est au-dessus de mes forces, je préfère, pour vous donner une idée de cette belle et grande figure du christianisme, laisser parler le Révérend M. Ménard, dans son sermon funèbre en commémoration de la mort du saint homme de Dieu qui mourut au Trou, entouré des chers enfants qu'il a engendrés au Seigneur, et qui l'arrosaient de leurs larmes, le 20 novembre de l'année dernière.

Ecoutez, mes bien-aimés, les divers passages extraits du discours que je viens de vous nommer :

« Il était temps qu'il arrivât (de la Jamaïque) : les petits troupeaux du Port-de-Paix et du Cap étaient presque lassés du chemin. Les lampes de ces vierges sages allaient manquer d'huile ; le lumignon fumait encore, mais il fallait le souffle béni et fidèle d'un pasteur dévoué pour rallumer leur flamme et éclairer la maison de Dieu.

» Mes chers amis, le bien qu'il a fait dans la maison du Seigneur est grand : il a fortifié un grand nombre de brebis, guéri plusieurs qui étaient malades, relevé d'autres qui étaient tombées, remis d'autres encore dans la bonne voie qu'elles avaient abandonnée.

» Il a fait briller à leurs yeux les vives et glorieuses espérances de l'Evangile de Christ et du monde à venir, et aux gémissements, aux lamentations de ces enfants de Dieu, mourants, affamés dans le désert du monde, ont aussitôt succédé, dans la maison du Seigneur, ces chants de vives allégresses que souvent l'orgue accompagne de ses notes majestueuses.

» La harpe d'Israël n'était plus suspendue aux saules : la foi était débarrassée de toute obscurité; on voyait le pays de la promesse, la Chanaan, et Jérusalem, la demeure de la paix et du repos, la nouvelle Jérusalem, avec ses beautés et ses richesses, sa magnificence et sa gloire, s'offrait à la contemplation de la foi.

» J'ai dit en partie et succinctement le bien qu'il a fait dans l'Eglise proprement dite. Mais sortons maintenant de cette étroite enceinte, des murs de nos temples; regardons ces villes populeuses du Cap, du Port-de-Paix, du Fort-Liberté et du Trou, où un bon nombre de sceptiques, d'indifférents, de sensualistes, même des membres sincères de l'église romaine, admiraient son zèle, sa vie toute consacrée à son Dieu, sa parole chrétienne, ses combats pour Christ, malgré ses faiblesses, les encombrements, les entraves et les difficultés de la vie ordinaire. Il ne se souciait de rien, pourvu qu'il pût achever avec joie la course qui lui fut proposée et s'acquitter avec bonheur du ministère qui lui fut confié par Jésus-Christ. C'est ainsi que nous l'avons vu, ce pécheur d'hommes vivants, ajouter à ces différentes Eglises un bon nombre d'âmes qui proclament aujourd'hui joyeusement le pardon et le salut de Dieu par Jésus-Christ ; et ce par la prédication fidèle de son Evangile.

» Hélas ! aujourd'hui cette voix puissante et sonore qui consolait les cœurs affligés et qui réveillait les pécheurs endormis, cette voix reste silencieuse dans le tombeau. »

Et plus loin :

« Souvenez-vous de sa foi, de son dévouement, de son zèle, de son abandon à son divin Maître. Souvenez-vous de son humilité, de sa patience et de sa charité pour ses frères, de son ardent amour pour l'Eglise au service de laquelle le Seigneur l'avait appelé. Souvenez-vous de ses consolantes exhortations, de ses lumineuses prédications, de ses édifiantes conversations ; souvenez-vous de ses combats et de ses luttes, de ses souffrances et de toutes les peines qu'il s'est données pour Jésus-Christ ; souvenez-vous enfin de toutes ses prières pour vous, pour les Eglises de Christ et pour la conversion des pécheurs ; et marchez, chers amis, sur ses traces, si vous voulez mourir de la mort du juste et avoir une fin semblable. »

Voilà, mes bien-aimés, une partie de ce qu'a dit le pasteur Ménard de son compagnon de service ; voilà en peu de mots la vie terrestre du pasteur Kitchin. Cela suffit pour vous apprendre la place qu'il occupe maintenant dans le ciel, *car il ne faut pas que le juste meure sans qu'on y prenne garde.*

La petite Eglise du Trou, après avoir rendu les honneurs de la sépulture à son bien-aimé et regretté pasteur, entoura de ses soins sa veuve et les quatre enfants qu'il avait laissés au milieu d'elle jusqu'à leur départ pour La Jamaïque. Elle était elle-même veuve de son conducteur visible ; elle ne le voyait plus, mais comme ses œuvres parlent encore, l'Eglise ne pouvait pas oublier ses avertissements *d'ajouter à la foi la vertu ; et à la vertu la science ; et à la science la tempérance ; et à la tempérance la patience ; et à la patience la piété ; et à la piété l'amour fraternel ; et à l'amour fraternel la charité, afin de ne pas rester oisifs ni stériles dans la connaissance de N. S. Jésus-Christ.* Oui, mes bien-aimés, la petite Eglise du Trou entend encore la voix de son fidèle pasteur *qui lui prêche du fond de la tombe cet Evangile de grâce et de salut, en répétant cette belle et mémorable exhortation de l'Apôtre :*

« Frères et sœurs, soyez mes imitateurs, comme je le fus aussi de Jésus-Christ. »

Nous savons tous, mes bien-aimés, que la perfection n'est pas de ce monde, et que conséquemment nul ne peut prétendre y parvenir pendant qu'il est sous cette tente. Mais on peut désirer atteindre à ce but ; on peut travailler avec la résolution ferme et inébranlable d'avoir Dieu en soi et d'être en Lui ; car n'oubliez pas, mes bien-aimés, que c'est ici-bas que la lutte contre le péché doit être entreprise et soutenue sans interruption jusqu'à ce que l'heure de déloger sonne, et alors on entre paisiblement dans le repos de Dieu avec cette perfection qui ne pouvait se produire dans son entier durant la vie terrestre.

La petite Eglise du Trou le comprend si bien que chacun des membres qui la forment, n'entendant pas perdre ce qu'il a reçu, *sans argent et sans aucun prix*, reste assis *tout le jour* aux pieds de son Sauveur, lui demandant que la part que son précieux sang lui a assurée ne lui soit jamais ôtée. Oui, mes bien-aimés, chaque membre de la petite Eglise s'évertue à prouver au monde qu'il s'est séparé de lui, et qu'il n'entend plus jouir de ses délices, ayant trouvé en Celui dont la paix surpasse toute intelligence, des plaisirs qui ne sont pas passagers, mais qui doivent durer jusqu'à la consommation des siècles.

Et c'est sous la houlette du pasteur Kitchin que ce petit troupeau est arrivé à ce degré de sanctification si remarquable, qu'il est aujourd'hui considéré comme un foyer destiné à éclairer au loin les esprits retenus jusqu'ici dans les ténèbres et à les conduire à la pure lumière, en brisant les liens de l'esclavage qui les tiennent asservis au monde et à ses maximes. Je répète, mes bien-aimés, que tout en s'affermissant sur le Rocher des siècles, la petite Eglise travaille constamment au salut de ceux qui périssent ; car, si elle est pauvre des biens de ce monde, elle est riche en Dieu et fait valoir les talents qu'elle a reçus de sa générosité.

C'est ainsi qu'on voit les branches de cette portion de la vigne du Seigneur s'étendre sur bien des points environnants : elle évangélise, au moyen de ses envoyés, le Caracol et le Terrier-Rouge, où elle est en train de bâtir une salle d'évangélisation et de fonder une école. Elle contribue à l'évangélisation de la Sainte-Suzanne où le frère Turenne Gerbier, diacre de l'église de la Grande-Rivière, a fondé une station et une école de filles, dirigée par miss J. Straight, bien connue de vous, et soutient sa sœur du Fort-Liberté pour la prédication en français.

Elle veut rayonner plus loin, car les Perches l'appellent, et le Ouanaminthe où l'intolérance ne règne pas en maîtresse, demande à être visité, afin d'éclairer davantage les consciences où déjà la lumière d'En-Haut luit avec une telle clarté, que toutes les maisons, celles mêmes des plus fervents dévots romains, s'ouvrent pour servir de chaire au missionnaire qui montre Dieu par la foi en

Jésus, et qui appelle les pécheurs à le chercher en esprit et en vérité.

Comprenant que *l'école est un pont jeté entre le monde et Dieu*, un arsenal d'où l'on doit tirer des armes pour combattre l'ennemi, la petite église du Trou, à part son école du dimanche qui compte *vingt-neuf* élèves, dont *quatre* cherchent déjà le Seigneur Jésus, a repris, depuis deux ans près, l'œuvre interrompue de son fondateur. Elle a rouvert son école de la semaine où *soixante-cinq* enfants des deux sexes reçoivent en ce moment, de la direction d'un comité mixte tiré de son sein, une instruction qui leur assurera la paix en ce monde et le bonheur dans l'autre, si, comme le désire l'Eglise, qui travaille dans ce but, de tout son cœur et de toute son âme, ils ne sortent de là que pour se consacrer à Celui dont la sagesse commande d'instruire le jeune enfant à l'entrée de sa voie, assurant que lors même qu'il sera devenu vieux, il ne s'en éloignera point.

C'est l'Eglise et quelques familles qui contribuent au support de cette école, et leurs ressources sont pourtant très faibles; ce qui fait souhaiter que les grands pouvoirs de l'Etat qui ne peuvent douter du dévouement des chrétiens évangéliques, de leur esprit d'ordre et de leur amour de la patrie, à la paix, au bonheur et à la prospérité de laquelle ils travaillent avec un désintéressement à nul autre pareil, viennent en aide à cet établissement qui répond si bien à l'attente des familles, afin d'assurer son existence et lui permettre d'atteindre le but auquel il vise.

Il y a tantôt un an depuis le deuil de la petite église, et jusqu'ici le pasteur Kitchin n'a pas été remplacé. Cependant ce vide, resté si longtemps sans être comblé, ne nuit que par le souvenir de celui qui n'est plus; mais l'œuvre progresse admirablement. Il semble même que le Seigneur n'a visité de la sorte ses enfants que pour mieux éprouver leur foi, pour exciter chacun d'eux à une sainte jalousie, à une émulation à se dévouer davantage à son service, parce que le Grand Pasteur invisible est toujours présent à la tête de ses brebis pour les appeler par leur nom et les diriger avec tant de soin, qu'une seule d'entre elles ne s'égare point.

La petite église s'offre donc en exemple à tous ceux qui courent dans la lice ; car, par la persévérance, l'amour et la fidélité qu'elle met dans tout ce qu'elle fait, elle dit hautement qu'elle court pour remporter le prix.

Elle compte aujourd'hui *vingt* membres, dont *dix* sont sortis de la famille de son fondateur, et tous du catholicisme romain. Sa veuve est du nombre, et son fils Onésime est celui qui a été appelé à le remplacer comme diacre de l'Eglise.

De même que son homonyme de l'Ecriture, le père de ce dernier selon la chair, le retrouva après qu'il eut longtemps erré comme esclave du péché, et Dieu le lui donna pour successeur...

Il y a, en ce moment, plusieurs candidats au baptême, et il est à espérer que le Révérend G. Angus, de l'Eglise de Saint-Marc, en voyage présentement dans le Nord, ne s'en retournera pas sans donner, au nom du petit troupeau, la main d'association aux nouveaux élus du Seigneur.

L'affluence qu'attirent les réunions en certains jours fait sentir, depuis quelque temps, la nécessité d'agrandir la chapelle ; aussi la petite corporation pense-t-elle à y mettre bientôt la main, sans toutefois compter sur ses propres forces pour le faire, mais sur *Celui à qui le ciel est le trône, et la terre le marche-pied.* C'est Lui, ce Dieu bon et puissant, qui pourvoira à tout ce dont ses fidèles ont besoin, afin de glorifier son nom jusqu'à la fin.

Il n'y a pas à douter, mes bien-aimés, que vous vous intéressez au sort de cette petite Eglise naissante, qui fait concevoir tant d'espérances, puisque *nous sommes les membres les uns des autres*, et que l'obole de chacun de vous lui est déjà assurée pour contribuer au travail qu'elle va entreprendre. Je ne laisserai donc pas la capitale sans revoir chacun de vous en particulier à ce sujet.

Au mois d'avril 1888, — il n'est pas sans intérêt que je vous l'apprenne, — la petite Eglise avait reçu la visite d'une délégation venue de la part de la Société missionnaire baptiste de la Jamaïque, de qui elle relève, et composée des Révérends Webb et Angus, qui eurent à louer son zèle et sa fidélité, et à pressentir qu'il est dans le dessein de Dieu de faire de sa petite lampe du Trou un tuyau d'où jaillira la lumière dans toute cette partie de notre République. En ce temps-là, quatre personnes furent ajoutées au petit troupeau par le baptême qui leur a été administré par le pasteur Kitchin.

Comme vous savez, mes bien-aimés, que tous ceux qui font profession de suivre le Seigneur Jésus seront persécutés, je n'insisterai pas trop sur la colère que l'ennemi déploie de temps en temps contre la petite Eglise du Trou dont le courage et la persévérance apportent le trouble chez lui, parce que la persécution n'est pas un sujet d'inquiétude pour elle, son chef lui ayant appris à s'y attendre à tous les instants jusqu'à ce qu'Il revienne. Elle résiste donc à la pluie, au vent et à la tempête, parce qu'elle est fondée *sur la pierre vive* et qu'elle est convaincue qu'elle aura toujours la victoire *par Christ qui la fortifie.*

Priez pour elle, mes bien-aimés, car vous connaissez quelle puissance, quel pouvoir possède la prière faite avec foi, quels prodiges elle peut accomplir, car c'est par elle que l'enfant de Dieu communique avec son Père céleste pour lui demander ses besoins, par l'intercession de son Sauveur Jésus-Christ; et lorsqu'il prie, il doit mettre tout son cœur dans sa requête, il doit le fermer à toutes les autres préoccupations pour n'avoir alors de communication qu'avec le monde des esprits, pour se trouver en tête-à-tête avec Celui qui prend plaisir à écouter les cris qui montent vers Lui d'un cœur pur, sincère et fidèle. Oui, vous tous, mes bien-aimés, qui marchez nón plus par la vue, mais par l'Esprit, je vous supplie, au nom de la foi en Christ qui nous unit, d'assiéger le trône de la grâce en faveur de votre sœur du Trou, dont vous venez d'entendre l'histoire, et de demander à notre Père céleste de lui continuer son amour, sa patience, sa douceur, sa charité, dans la lutte qu'elle livre au péché, à l'erreur, au mensonge, à la superstition, à tous les maux enfin qui font le malheur de l'humanité. Demandez pour elle la lumière de l'Esprit-Saint sans laquelle nous travaillons en vain; demandez au Dieu trois fois saint qu'Il veuille soutenir de son bras fort le petit troupeau qu'Il s'est choisi et de lui accorder tous les dons de sa sagesse infinie pour travailler, comme il le fait, à l'avènement de son règne tant désiré, et qu'il envoie des ouvriers dans sa vigne, parce que la moisson s'accroît de jour en jour, tandis que les ouvriers manquent.

Vous n'oubliez pas, mes bien-aimés, que c'est le Seigneur Jésus lui-même qui faisait cette exhortation à ses disciples quand il marchait visiblement parmi eux. Eh bien! Il nous la fait encore du lieu où Il se tient,

puisque la nécessité est toujours présente et s'augmente
même d'heure en heure. Le Maître prie pour nous ; sui-
vons son exemple en demandant au Père de miséricorde
de répondre à ses cris pour tous ceux qu'Il lui a donnés,
afin que leur vie soit de plus en plus cachée en Lui, et
qu'Il fasse luire enfin ce jour glorieux, jour si impatiem-
ment attendu où, confondus tous ensemble, vêtus d
blanc, des palmes à la main et couronnés de gloire, nous
chanterons éternellement le cantique nouveau, ayant été
lavés, blanchis et purifiés dans le sang de l'Agneau.

www.ingramcontent.com/pod-product-compliance
Lightning Source LLC
Chambersburg PA
CBHW051403060726

47596CB00005B/2060